KB092879

청람시첩 2

양평 터미널

임현택 시집

청람시첩 2

양평 터미널

초판인쇄일 | 2009년 05월 20일
초판발행일 | 2009년 05월 30일

지은이 | 임현택
펴낸곳 | 황금필
펴낸이 | 金永馥

주 간 | 김영탁
편집실장 | 조경숙
표지디자인 | 칼라박스
주 소 | 110-510 서울시 종로구 동숭동 201-14 청기와빌라2차 104호
물류센타(직송 · 반품) | 100-272 서울시 중구 필동2가 124-6 1F
전 화 | 02)2275-9171
팩 스 | 02)2275-9172
이메일 | tibet21@hanmail.net
홈페이지 | http://goldegg21.com
등록번호(제2-4341)

값 8,000원

ISBN 978-89-957817-7-7-03810

청람시첩 2

양평 터미널

임현택 시집

황금필

화가가 꽃그림을 그리다가
색깔을 잊어버려
흰꽃이 된 것이
내 초년기의 시라면,
그 흰꽃의 서정만으로는
시의 다양한 색깔을
나타내기엔 모자랐다
흩어진 시들을 시집으로 묶으면서
하나의 몸으로 태어난 것들이,
사실주의적 토대 위에
문명의 허상과 삶의 비애가
형형색색의 꽃으로 피어나기를
간절히 바랐다.

양평에서
임현택

차 례

2부

품팔러 간다

3부
은빛 나그네

4부
그리운 그곳

1부

알코올 바이러스

양은냄비

한때는 금은으로 조심스레 다루다가
조그만 실수로 함몰되어 버린 나약한 그는
성한 곳 한 군데 없는 화상
바깥주인 원망하는
아주머니의 부아도 들어 있었다

빨리 끓기를 기다리던 아낙이 불 위에 올려놓고
남새밭에 풋나물 몇 가지 해 오는 사이
급한 성질이 다 태워 버렸다
새까만 앙금을 묻혀 이리저리 굴러다니다가
볼썽사납게 수도간에 쭈그리고 앉아
엿장수 가위소리 기다리고 있다

시계

시간이란 굴레 속에서 우리는
그의 포로가 되어 움직인다
조직의 보스는 명령하지 않는다
오랜 세월 길들여진
재깍거리는 소리에 긴장하며 날을 보내야 한다
분과 초를 따지는 조직적인 사회는 기본법 만들어
지키지 않으면 심장의 맥박이 크게 화를 내며
서로를 미워하고 끝내는 위험수위까지 가야만 한다

우리가 만든 보스
그를 순응하며 살아가는 초라한 인격체
졸리거나 시장하면 자연스레 보스를 쳐다본다
그리고 그 틀 속에서 맴돈다
교통 수단도 약속 시간에 도착하려고 야속하게도
단 1분도 기다려 주지 않고 떠나 버린다
세상은 온통 시간이란 존재에게 눈을 번득여야 하는 우리는
하수인
지인 만나러 서울 가는 양평역 플랫폼
들어오는 열차에 눈을 맞춘다
한눈팔면 그냥 가 버릴까 봐
심장 박동이 바쁘게 추임새를 시작한다

우리 두목

우리 두목 달팽이관은
달콤한 멜로디 있을 때만 열기로 한다

허기져 아우성 이는 민초들 외면하고
고대광실 컴퓨터 앞에 비굴한 미소
우리 두목 잘났다고 치켜세우니
신문고를 찢어 달팽이관을 막고
얼씨구 절씨구 몇몇 놈만 저절씨구 등 따시고 배부르니
어절씨구 절씨구

허리띠 졸라매다 목 졸린 젊은 부부
앞마당 젯밥도 찢은 북 모서리로 덮어 놓고
어화둥둥 어둥둥

우리 두목 구업 남발 태산이 무너지고 타고난 옹고집
손오공 철퇴 같아 한 번만 휘둘러도
수십만이 쓰러져 헤어나질 못해도 돌아보질 않네

농어민들 장사꾼들 다 죽는다

강산에 걸렸어도 담장 높아
우리네 두목만 못 듣는다
한푼 두푼 세금 내어 나라 살림 맡겼더니
어화둥둥 전용기로 여행 갔다가 빈손으로 왔다네
언제쯤 정신 차려 서민 정사 돌볼거나
하늘을 원망하는 소리 무거워 땅으로 내리다가
가난한 머리통에 떨어져 울부짖는 언성
우리두목 달팽이관 말가죽으로 덮었나 보네

갯바위 동백

그리움 좇다가 너무 멀리 떠나 버려
천년을 이루지 못한 사랑
바닷가에 서서
밀물과 썰물 하세월 바라기하다가
검게 타버린 푸석 바위
긴긴 세월 해풍에 깎여
소리마저 잃어버린 가련한 가슴으로
그리움 녹을 때까지
참선만 하는 갯바위

언제부터였을까
그의 정수리에 동백이 자라 삼절 내내
푸른 바다 닮아 있다가
찬바람이 피워낸 붉은 꽃
바다에 던지고 있다

신은 부재 중

부처는 보리수 아래로 기약 없는 깨달음에 들었고
아담과 이브도 에덴 동산으로 부끄럼 가렸던 원죄의 방관자
낙엽을 찾는지 출타 중이며
코란의 책갈피 속으로 부재 중인 능력 찾으려
떠난 알라신
이슬람의 깊은 미로를 헤매다가
길을 찾지 못하여 군주도 공석⋯⋯
때는 이때다 싶었던가
베고 베이는 아수라장, 이라크 화약 냄새

믿고 의지했던 절대적인 신은 이제
선과 악을 심판하기에는 너무나 늙어 버렸구나
잡신들이 만들어낸 미사일과 핵만이 집행되는
신의 공황 시대
양민 학살도 양심의 가책에서 멀어진 지 오래
전쟁 공포에 메말라 글썽이지도 못하는
아이들의 눈과 코, 입에 파리 떼가 서러움을 핥고
스스로 일어설 수 없는 주검의 그늘
천막 속의 슬픈 눈망울들이 내 잠자리에 나뒹굴어
나는 비키어 눕는다

주막 이야기

객들의 사설이
비틀비틀 주정처럼 기어오르다가
누런 세월로 바래 버린 벽지
처음 온 눈빛은 걸어 둘 벽조차 없었다
정겹게 둘러앉은 둥글배기 탁자에는
이웃 석이 이모 같은 진한 분냄새도 있었고
불그레한 얼굴에 반쯤 넘어가는 혀들이
세상을 작은 탁자 위에 올려놓고 재판이 진행되었고
피고들의 열변은
변호사보다 더 일목요연했다
어떤 이는 원점과 종점을 두서없이 들락이다가
웃음바다로 정회되는 저녁

일주일에 두어 날씩 일한 노임을
한 달째 받지 못했다는 옆집 불안감
김치에 둘둘 말아 쓰디쓴 소주 뒤로 넘긴다
FTA 불만으로 사방이 막혀
내년 경제가 더 어렵다고 걱정하는
사람들의 원망이 깨물어져 돌아온 술잔이 쓰다

세상 이야기 듣다 말라비틀어진 김치 가닥도
도마 위에 오른 인생사 이야기 환풍기가 연신 뽑아 낸다
그나마 내일 일거리가 있는 사람들은 일어섰고
새로운 서민들의 애환이 또 자리를 채운다

계단과 계단

오늘의 무모함을 숨기고 싶어 발소리와 숨소리
반쯤 죽여
조심스레 끌고 올라갔을 반질한 이층 목조 계단
그 식솔들 실내 옷부터 오래 전 부와 친한 것 같았고
화려한 조명이 우리 가족은 한 번도 죄의 늪에 발목을
넣어 본 일이 없었던 것처럼 침묵을 지키고 있었다

가난한 이들이 거쳐야 하는 산동네 시멘트 삼십육계는
저소득의 한숨이 겨울 바람에 끌려다니며 떨고 있었고
신경통 앓는 어느 할머니는 수십 번 쉬어야
오르내릴 수 있어 병원보다 계단이 더 무섭다는
하소연이 있었다

어떤 장미는 향기가 있고
어떤 장미는 벌나비가 외면하는 세속
아직 세월을 밀어가기에는 어린 정강이
언제부터 두려움을 알았을까
노란 가방을 맨 유치부 여자아이가 차가운 난관을 붙잡고
한칸 한칸 세상을 내딛고 있다

알코올 바이러스

놈은 꼬리도 없으면서 분내도 아니 나면서 꼬리를 친다
지기들과 만나는 자리엔 어김없이 끼여들어
화해의 매파도 하고 오해의 부채질도 하여
돌이킬 수 없는 후회도 만든다
놈은 여기서 그치질 않는다
뇌 속에 행동을 통제하는 전두업이라는 사령부가 있는데
알코올 침입시켜 제어 장치를 마비시킨다
흥분의 노래를 부르게 하고 울게 하고 수챗구멍에 처박고
자게 하고 전봇대하고 시비를 붙게 한다
그 매력에 빠진 이는, 놈이 없으면 잠도 못 이루고 혼자서
고래고래 고함도 못 지른다
초저녁
세 살 아이 아장이듯 어디로 튈지 모르는 사내 하나가
화술의 마법에 걸려 비틀거린다
놈의 유혹은 인류의 종말이 없는 한 이어질 것이다
불야성 속이 아니더라도 골목 어디에도 덫을 놓고
기다린다, 놈은
속이 쓰린 다음날 아침에도 해장에 끼여들고
밥상에서도 반주라 주장하고 호시탐탐
우리 속에 기생하려 한다, 놈은

봄바라기

겨울이 떠나려 하지 않자
진눈깨비 사이로 울부짖는 장끼의 부화가
계곡을 가르고, 들판을 쪼아 놓음은
필시
미생물 깨우는 하늘의 울음이리라
줄점박이 멧새들
마른 덤불 속 사랑의 노래
아름다운 목소리에 미물인들 지체하랴
어젯밤쯤 깨어났을까 어린 새싹 두어 점
얕은 햇살과 노닐고
혼절에서 깨어난 날벌레가
아지랑이 물고 하늘 오른다

애송이

지루하던 빗줄기가 멈춘 날 석양
늦둥이로 태어나 처음으로 사냥을 해 보는 듯한
작은 거미 한 마리
제 몸뚱이에 비하여 십리나 되어 보이는
전깃줄과 향나무에 곡예하듯 그물을 친다
장마에 못 먹은 허기가 크게 엮을 요량이다
제 생각대로라면 몸 속 은사는 금방 바닥날 것 같은
무모한 시도 같다

씨줄 서너 개 걸어 놓은 부실 공사장의 아침
시공자가 없다
어느 구석에서 실수의 거울을 보며
성장의 눈물을 닦고 있을까
위태롭게 달린 이슬 몇 방울
햇볕이 들여다보고 있었다

평등한 죄, 그 값을 물어라

북한에는 지금 어마어마한 댐을 건설하고 있다고
심야 토론까지 벌이며 불안을 조성하였다
초등학생 유치원생 코 묻은 저금통 상납받고 국민이
혈세 끌어다 물바다 된다
평화의 댐 막아야 산다기에 너도나도
그것만은 막자는 선량한 국민들의 뜻이
뉴스 끝에 몇 날 며칠 주르르 이어졌지
어찌하면 대대손손 편히 살아 볼까 하는 궁여지책,
사기극이었다
수력 발전도 없이, 덩그라니 물막이만 하여 놓고
남은 돈 하루아침에
국 끓여 먹고 하나도 없단다
골프채 휘두르며 융단 같은 잔디만 밟고 다녀도 돈은
하나도 없단다
아! 징그럽게 너그러운 조선의 미덕이여
그 자리에 들면 어떠한 죄도 면책받는 법
하여 선거철만
되면 갖은 회유, 모략으로라도 그 자리에 서려는
위정자들의 혈투가 반복된다

어디로 갔을까 그의 재산
환수는 오리무중 소년소녀 가장들
춥고 배고파 어린 살결 떨고 있는데
불우 이웃 시린 적삼 솜 근이나 넣어 줘야 하는데

태풍

세상에 항거하려는 바람의 반란이다
숲 속 사잇길로 무섭게 달려들어 다급히 대문을
두들긴다 순식간에 집을 에워싼 바람들 그들만의
언어로 웅성이다가 한 무리가 뒷문으로 돌아와 문 열어
달라 호령하며 세상을 압도하고 있었다
급한 성미로 보아 우두머리인 것 같다
모퉁이 돌아 불 꺼진 아이 방 봉창에 한동안 포효의
발톱으로 사나움을 내다가
채소나 심으려 걸어 놓은 연장들 내던지며 부수고
집 밖 들출 것은 다 들추며 행패 부리는 보이지 않는 힘
세상을 쥐락펴락 가락 잃은 사물놀이는 지신밟기 들었다
천지가 어두운 이 밤 저들은, 무엇으로 이리 분개하는가
지친 기색도 없이 뒤란 사철나무에 올라
머리채 휘어잡고 절규하고 있다

재앙

불륜과 동거하다가
암초 만난 지구는 난파되고 있다
자연의 이치를 거스른 우리는
과학의 집착으로 하늘의 오존층을 뚫어
문명의 갈채 소리 하늘 안방 번졌으니
태평양 어느 섬은 평생 살던 고향, 빙하 녹은 물로
발밑까지 넘실거리고
아프리카 어디는 식수를 말려 생명을 위협한다
화려하게 꾸며 놓은 회색 도시, 토네이도가 무차별
비질로 쓸면서 폭우, 한파, 태풍, 감지할 수 없는
이상 난동으로 심판을 내리려 한다
태초의 부활을 지시하였다
하늘은 시간을 거꾸로 되돌려
문명의 세상을 압수하고 있다

철없는 새싹

장맛비가 연이어 내려 촉촉이 젖은 등산로 비탈길
발길로 다져진 발디딤 자리에
고사리 같은 졸참나무 새싹 하나
가던 길 멈추어 섰다
무지에 밟혀 몇 번이나 존재를 무시당했으면
발자국 뜸한 사이에 바삐 일어섰느냐
어미의 품을 떠나 분가의 삶을 찾아
얼마나 헤매다가 용을 썼으면
피멍들은 빨간 몸으로 곤두섰느냐
다른 길 택했으면, 아름 자랐을 세월을 빼앗긴 지금
비켜서지도 못하는 두려움에 떨고 있구나
여기는 안 되겠다
이파리가 하늘 막아 어둡고 길손이 위협하노니
다시 밟혀, 어미의 꾸중으로부터 또 출가해야 한다면
아이야,
조금 더 깊게 파고들어 부드러운 땅을 찾아라
그리고 당당한 숲으로 행복하여라

자유로워라

취기가 날 데리고 백구 집으로 간다
묶인 신세가 안타까워
덜미를 풀어 자유를 줬더니 고마움의 인사로 핥고, 뒹굴고
이리저리 날뛰며 바람개비처럼 제세상하였다
취기와 동침하고 나와 보니 소식이 없다
작년에도 두 마리나 풀어 주고
아내 앞에 한 달 넘게 고개 숙였는데
아! 이놈
이번에도 또 소식 없다
그놈처럼 화단에 알코올 방뇨를 한다
실컷 놀다가 내일에라도
암모니아 향 따라 돌아오라고
아침에 나가 보니 벌나비만 가볍고
그놈 그림자도 보이지 않는다
힘들게 길러 놓으면
풀어 주고 풀어 주고
아! 이 민망
두어 달은 또 숨소리 낮춰야겠다

발길에 차인 평화

헝클어진 심사 하나
주검처럼 누워 있는 잿빛 들판에 왔다가
산비둘기 무리의 일상을 훔친다
벼 그루터기 낙곡 찾는 부리질
잔설과 빙판을 뒤뚱거리는 종종걸음은
봄을 애타게 기다리고 있었다

귀엣이야기 들어 보려 조심스레 가다가
눈먼 발길이 허공에 나뒹굴어
그들의 만찬과 행복을 방해하고 말았다

놀란 날개가
내 심장에 창공 가르는 쇳소리를 걸어 놓고
명상 중인 산 속을 헤집으며 달아나 버렸다
아름다운 속삭임도 수습 못한 채
가쁜 맥박만 쥐고 황급히 떠난 논바닥에
못다한 밀이들이 한파에 떨고 있었다
이젠 망부석처럼 멀리서 지켜보거나
아주 사~알 짝 되돌아갈란다

2부

품팔러 간다

인력시장, 품팔러간다 1

오십 세 미만이라는 라인에 걸린 자격증도
은퇴의 뒷주머니에서 과거의 기억으로 남아 있거나
입심만 남았을 적, 이야깃거리를 증명하는 기념품으로
낡아 간다
세월이 인정하지 않는 종이쪽지에 인쇄된
몇 줄의 글자와 젊은 사진을 재워 놓고
여명도 피곤해 늑장 부리는 새벽
어둠 헤치며 품팔러간다
오늘은
어떤 재목의 일과 어떤 난관이 날 기다리고 있으며
어느 명령 앞에 쓸개 없는 지렁이가 되어
몇 장의 제본비를 들고 올거나
태양의 열기보다 더 뜨거운 시선에 목욕을 하고
하루의 멱살을 내준 잡부
현장에 도착하면 먼저 할일이 하나 있다
쓸개를 볕에 널어 잘 말렸다가
돌아올 때 질 수습해야 한다 그래야
다음에 어떤 속아리가 닥쳐도, 쓸개 없이
견딜 수 있으므로
나를 팔아 버린 오늘은 어이, 이봐, 아저씨다

인력시장, 품팔러간다 2
– 공치는 날

새벽 빗소리를 베고 게으르게 뒤척이는 맛이 달다
강한 척했지만 내심 기다렸던 빗님
사우나에서 지친 심신을 달랠 요량이다
무심코 올라선 육신에게 바늘이 비틀거리다 바로 선다
50킬로그램
이 체구가 뭘 믿고 몇 개월을 중노동과 벗하였는가
학대에 지친 족적이 각 현장에 누워 환영처럼 바라보고
백골이 돌아다니며 필묵과 바꾸고자 기웃거린 토막난
시간, 연무 속에서 허우적인다

허덕이는 경제가 추락하여 만들어준
또 하나의 경험, 나의 이력
끼니를 연명하기 위해 행한 일이었다면 나는 이미 죽었을
것이다
미약하지만 가야 하는 사명이 있기 때문이다
내일도 가야 하는 긴 여정이 기다리고 있기에
작은 여백도 사랑하여야 한다, 나는
내일을 위한 오늘의 나래, 조심히 접어
낮잠 주머니에 넣는다

인력시장, 품팔러간다 3
– 어머니의 치매

일 갔다 올게요
"예, 댕겨오시요"
세 살 정신으로 돌아가 아들 기억도 가물거리는 어머니
고향 간다고 또 봇짐 만들어 나설까 봐 죄송함이 밖으로
문을 잠그고 슬픈 애비는 노가다 간다
훠이훠이 속도 풀고 돈도 벌러 노가다 간다
일상에 목덜미 잡혀 꾸벅꾸벅 허적대며 몸팔러간다
지친 몸 어둠 몰고 돌아와 보니
또 대낮처럼 사방에 켜 놓은 전등
아직 귀가하지 않은 아내가 볼까 봐
어머니가 찍어 놓은 지문 부지런히 지운다
과거형이 되어 버린 어머니는 어둠이 무서웠나 보다
"왜 이렇게 늦게 오시요?"

인력시장, 품팔러간다 4
— 초보자 1

바보같이 일 저질러 경제적 타격을 입고
막노동이라도 해서 책 한 권 엮어 보겠다는 가소로움이
물음표 하나 들고 찾아간 인력시장
자꾸만 누가 뒤통수 쳐다보는 것 같아 발길 무겁고
부끄럼 타는 감성을 가리려고 스스로를 위장한
까만 모자
더, 깊게 눌러 쓴다
몇 날 며칠의 갈등을 이기고 찾아간 용기도
낯선 사람들의 눈초리에 가장자리로 떠밀려
태연한 척 연초를 물고 가슴을 진정시켜 보지만
떨리는 건 왜랴
노동의 대가들 속 외톨이는 아직도 미해결된
마음과 내전 중이다
노동을 많이 해 본 사람처럼 보이려고 신고 나온
헌 등산화가 자꾸만 집으로 가잔다

인력시장, 품팔러간다 5
- 초보자 2

체면과 자존심 책상 서랍에 실한 자물통으로 채워 놓고
인력시장 나간다
어이, 저기 폼 가다시끼(정리)하고 현장 뒤로 빠루들고 와
이 많은 자재 중에 어떻게 해야 하며 폼은 무엇인가
물어볼 사람도 없어 멍히 서 있었더니
"왜 대답이 없어? 처음이야?"
"에이, 씨~"
죄송하다 척 알아서 해야 하는 것을
반말부터 겨우 일어선 용기를 밟고 서 있는 노동판 완장의
시퍼런 눈빛
많은 날 시련과 싸워 이기고 나왔는데도
계산에서 빠져 있었던 것이 있었다
서랍에 갇힌 자존심이 몰매를 맞자 여지없이 꿈틀거린다
놈의 목덜미를 쥐고 한 번 더 비겁하자고 타협을 본다
일용 근로자 잡부다 반말도 욕설도 못 들은 척
고개 숙여 열심히 하는 것밖에 없다고 제 다짐한 초보는
몸 사릴 여가도 없이 땀과 싸웠나
철사줄 길게 잘라 묶고 자재 정리 끝내 놓으니
어느덧 태양이 긴 그림자 그리며 배시시 웃는다

인력시장, 품팔러간다 6
– 몸살 1

이틀간 노역에 흠씬 두들겨맞아 뼈마디가 욱신거리고
손목이 시근거린다
의지 하나로 매달리기에는 무리였던 현실
근력이 따라 주지 않아 평소에 쓰지 않던
게으른 근육까지 동원했더니
화가 난 몸뚱어리는 열을 내뿜으며 반기를 든 것이다
암초에 부딪친 신열 속에서 스스로와의 약속을 지키기 위해
뚝심으로 몸살을 감추고
마지막 찾는다는 사내의 일터
인력시장으로 토역을 끌고 간다
이런 비장함은 글에 불을 붙여야 하는 것을
소월님의
"약한 가지에서 잠자는 작은 새는" 잘도 버티었는데
이놈의 새는 썩은 삭정이에서 추락의 꿈을 꾸고
황금 부스러기는 막장에서 땀으로 구하라는구나
오늘은 또 얼마의 물을 요구하려고
아침부터 날씨는 이리 찌는가

인력시장, 품팔러간다 7
– 몸살 2

덩치가 크나 작으나 처음 나온 신출내기나
오래 종사한 사람도 잡부 임금은 동일하다
저이들이 중량을 들고 다니면 나도 들고 다녀야
공평한 논리이며 내일 쓰러지더라도 오늘은 함께 해야 한다
나로 인해 다른 이가 한 번 더 하는 수고는
오기가 허락하지 않으므로
이를 물고 견뎌 냈더니 피로가 잇몸으로 몰려와 며칠째
정신과 전쟁, 최소한의 군량미마저 거부하며 백기를 든
패전의 무덤에 진통제 깃발을 꽂아 놓고
아픔이 몰려올때 또 비틀거리는 간사한 심사에게,
승소의 채찍 들어 마음을 다잡고
하늘을 향해 허리를 펴 본다
뭐 해. 이거 빨리 하고 방수칠 끝내야 돼
어쩌다 허리 쉼 한번 했는데 들키고 말았다
비틀거린 육신의 하루가 저물 무렵
다른 이의 옷은 멀쩡한데
이놈의 옷은 흙부성이구나

인력시장, 품팔러간다 8
– 현명한 선택

퇴직금과 사채를 동원해 사업하다가 부도를 당했다는
노동판 초년생. 사채 빚이 집마저 압류하여 돌아갈 수가
없어 거리도 방황해 봤다는 김 씨는, 다른 이들처럼
지하철역이나 공원을 전전하지 않고 노가다를 선택한
그 정신이 아름다웠다
비록 나처럼 일은 못해도 최선을 다하려는 의지인
힘들어 어디로 떠나 자포자기 생을 걸을까 봐, 열심히
하다 보면 좋은 일이 생길 거라고 힘을 보태어 주었다
노숙을 뿌리치고 여기까지 와서 애를 쓰고 있음이 고맙다
찜질방에서 잠을 자고 새벽에 나와 호명을 기다리는 사람
가족들에게 내놓을 면목이 없다 한다
세상이 외면했어도 회생하려 하는 이에게
힘을 아껴 주고 싶어 한 쪽에 가서 좀 쉬라고도 했는데
일주일이 지나도록 그이의 얼굴이 보이지 않는다
일이 힘들어 방황의 노숙인 한 사람
더 추가되지나 않았을까
열심히 일하고 잘 보이면
현장 붙박이 일꾼으로 갈 수도 있다던데
간절히 바래 본다

인생길의 명상

태어나 세상에 길들여진 우리는
넘어져도 가야 하는 끝없는 여정이다
선친들이 이루지 못한 이음새 연결고리에
진실과 부정이 뒤섞여 있어도 옥석을 가리지 못하고
넝마 같은 목적도 삶이라 했다

그만 걸으라는 신의 명이 내릴 때까지
끝나지 않은 잔치를 찾아 쉼없이 가야만 하는
만족을 찾는 미로의 길

조금 더라는 불만족을 채우기 위해
바쁜 걸음을 재촉하다가
마대자루처럼 누워 버린 이들에게
운명이라는 명언 귀띔해 주고
우리의 욕구는 지구가 파멸될 때까지
먹고 먹히는 존속으로 이어 간다

나의 분신

가난한 농부의 장남으로 어려운 시기에 태어나 먹성
하나라도 줄여야 한다고 내 의사와 상관없이 도회지로
와서 남이 버린 빈틈만 먹고 살았다
다른 사람들이 지나간 자취를 따라다니면서
짧은 내 이력이 허락하는 오선지의 악보만 보았고
이상을 넘는 고부가의 노래는 창작하지 못하였다
주위는 온통 내 수준에 맞는 사람들만 붐볐고
또 그들만 받아들였다
상식을 넘는 벽은 피하여, 내 발길이 허락하는 신작로
저지대로 굴러다니면서 익을 때까지는 불혹의 세월이
있고 난 다음이었다
햇볕과 구름, 별과 달이 무차별 끌고 다니다 버린
멍든 가슴속에는, 몇 날 며칠을 부대껴도 사랑스런
詩나무가 자라고 있었다
가장 예쁜 나무로 키우기 위해. 오늘도 전지가위를 들고
하늘 한 번 바라보고 바람 길목에 서서
시든 이파리 자른다

도시의 밤은 없다

밤의 주권을 빼앗긴 검어야 할 지붕은 화가 났다
불나비 끌어 모으는 현란한 광채에 눈이 멀어 버린
회색 도시
겨우 뒤척여 달래 놓은 내 고막에 벌래가 들어와
한밤중이어야 할 내 신진대사를 괴롭힌다
새소리와 바람소리에 길들여진 작은 육신은
새로운 환경에 적응하려고
몸부림을 치고 있는 것이다

정상의 반대편에 서서
정신병을 앓다가 만들어낸 문명의 쪼가리들
해지면 자고 해뜨면 기동하는 자연의 진리
걷어차고 우리는
지구의 혈관을 뚫어 피를 태운 화석 가스로 지구의
보호막 찢었다
가뭄과 폭우, 폭설이 불규칙적으로 나돌아다니고
신종 바이러스 세균이 생명을 위협한다
그리고 미국은 그들의 코만큼 큰 토네이도가
바람기둥을 만들어 쓸어 간다

어제도 호주 산불로 2백 명이 화마의 제물이 되었고
투발루에서는 빙하 녹은 물이 땅을 삼키어
돌아가야 할 땅이 없어 가슴 쓸어내리고
화왕산의 억새 불은 왜 사람을 덮쳤으며
용산 철거 반대 농성도 화재로 막을 내렸다
인재와 자연 재해, 젊음과 늙음을 구분하지 않는다
지구상에 너무나 난무해 버린 화마 앞에
제단이라도 만들어 잘못을 사과해야 할지 모르겠다

백치의 미소

고속버스 강남터미널
남정네 화장실 앞 붙박이처럼 서서
동동거리는 무명치마 어떤 노모는 남정네들의 전용
거시기만 아니면 벌써 뛰어들어가 끌고 나왔을
심정으로 애를 태우고 있었다
겨우 나온 느린 걸음의 사내는 바삐 움직이는 사람들이
신기한 듯 허리춤 올리며 한눈을 팔고 있었다
노모는 항시 그랬다는 듯이 손목을 낚아채며
빨리 가자 차 떠나겄다
사십이 넘어 보이는 사내는 끌려가면서도 생면부지인
나에게 천금 같은 웃음 보내며
"아직 시간이 멀었는디, 그래 쌌네"
아! 부끄러울 것도 바쁠 것도 없는 행복한 사람
신이 각별하여 내린 선물이리라
험한 세상에 미소만큼은 잊지 말라는 부탁도 있었나 보다
걱정 없는 저 태평 때문에
그의 그림자가 되어 버린 노모는 오늘노 열 살 성신이라도
만들려고 종종대고 재촉하다가 검은 얼굴에 깊은 주름만
늘었나 보네

보리밭 고공에 종달새 소리
노을에 부서지는 파도소리 그리워 도회지를 떠났고
아스라이 멀어지던 그의 등걸에 박힌 산모퉁이 길이
지금도 자꾸 뒤돌아보며 함박웃음 짓고 있네

외출

가물어 힘들게 흐르는 냇물처럼
종로 거리는 이제 길이 아니다 순수는 다 어디 가 버리고
특이한 모자와 서양 바람이 몰고 온 빨강, 하양, 갈색 머리
들쑥날쑥 비틀거리는 종로 거리는, 외국 문물을 자랑하는
인간 시장이다
팔리지 못한 남자 노예들 귀고리를 봐주지 않자
이제는 코걸이를
걸고 북적이는 저잣거리

도시 냄새 가득한 길거리 도망칠 길마저 찾지 못한
시골 망아지는
인파에 고삐 맡겨 더딘 걸음 얼마나 왔을까
빛나는 채광 하나 시야에 들어왔다
이쁘디이쁜 것이, 뒤태도 이쁜 것이
대감네 고명딸 같은 향기로 지나간다
아, 있었다
숭고한 우리 정신 이어가는 이이기
내 깊은 시름을 건너가는 아이가

46

초보 선장의 회고

6개월이면 돌아온다는 결과만 가지고
첫 항해에 나선 초보 선장은
끝없이 이어지는 푸른 물결 누워서 본
하늘의 낭만으로만 생각했다가
태풍에 밀려오는 높은 파도에 사투를 벌이는 중에도
불안과 절망, 그리고 가족에 대한 그리움의 연속이었다
모든 통솔권을 쥔 막중한 임무는 어린 마음을 짓눌러 왔고
항해사나 갑판장, 선원들의 눈길이 초점을 잃고 허둥대어
간절한 기도로 키를 잡고, 파도에 마음을 맡겨
죽음을 각오했단다
절대 절명의 순간 신의 끈을 붙잡고 무사히 돌아와
이제는 어떤 난관도 헤쳐나갈 자신이 생겼다고
"죽음을 두려워하면 죽을 것이요,
죽기를 각오하면 못 하는 일이 없다"는 명언을
뒤늦게 알았다며 거친 바다를 마셨다
아무리 어려운 일이라도 의지만 있으면
신은 그의 뜻에 행운을 주려니 두려워 말 일이다

너의 처방은 밤송이다

들판에 하얀 무서리가 덮으면서
내 방 천장은 노숙하던 서생원이 접수했다
어젯밤 한 놈이 슬금슬금 염탐하더니
이 밤은 두어 놈 더 데리고 와
교장의 허가도 없이 이리 뛰고 저리 뛰는 운동회
불법으로 개장한 야간 운동장이다
이 방세가 얼만데 요놈들이 전망 좋은 2층을
점거하고 운동회를 하다니
빗자루로 겁을 주면 잠시 주춤하다가
이내 또 지랄이다
밤새 신경전을 벌이다가 지쳐 포기했더니
이젠 어떤 놈인가 들여다볼 양으로
으드득 으드득 구멍을 뚫는다
정말 집요하게 잠을 안 재울 심사다
그래, 내가 아까 그놈이다
나 이렇게 손들었다
짐 좀 자자.
쥐 눈이 된 아침, 베란다로 올라 보니 휜히 뚫린 구멍 하나
밤송이로 처방하였다

오늘밤은 시속 20킬로미터로
멋모르고 뛰어들다가
콧날이나 찧어라!

고요를 깨우는 사내

한파가 발길을 묶어 버린 양평의 외진 밤
번득이는 하늘의 군중 사이를 요행히도
피해 달아나는 침입자를 떠나 보내고
길잡이를 따라들어가려는데
어디서 깨물다, 깨물다, 덜 깨물어진 난세를
집에까지 깨물어 가는 취객에게
동네 강아지들 떼거지로 거품을 문다
부아가 난 사내가 정면으로 맞서
개소리로 그들의 영역을 침범한다
억울하게 묶인 신세는 대상이 나타나자
작년에 맺힌 억울함까지 꺼내어
물러서지 않겠다는 필사적인 결의다
사내보다 더 큰 분노가 동면에 든 만물들의
귀청을 뜯어 내는 블랙커피 같은 밤
기가 질린 사내가 비틀거리며 돌아섰다
별들 사이로 몸을 사리고 종그려 보니
한참을 지난 시긱에도
강아지의 떨리는 분노가
사내의 환상을 깨물고 있었다

기형 어족

문명에서 태어나 문명과 동거하다가
병든 문명에 죽음을 놓았다
우리에게 힘을 건네고 버려진 오물들
유효 기간 지난 방부제 강물에 풀어헤쳐졌고
정조 잃은 비닐도 헤픈 치마 나풀거리며 사창가로 떠났다
북망산천 두루 거쳐 도착한 곳은
너른 바다 깊은 계곡
숭어, 우럭, 광어, 낙지의 제물이 되어
식탁 군침으로 오른다네

내가 버린 것, 내가 다시 넘긴 목구멍은 슬프다
기형으로 허덕이다 잘려나온 아픈 살점들
한 점이라도 더 넘기려고 해풍 잘 드는 포구만 찾다가
창자에 꽂힌 수은의 화살
내장 속에 배회하다가 어느 날 독을 세워
눈꺼풀 무거우면 우리 어찌하리야

빼앗긴 소유

우리는 결코 빈손으로 나온 게 아니었다
태반에서 열 달 동안 키워 온 꿈 한 줌씩 쥐고 나왔다
몰랐다
그것이
만고에 허무라는 것을

씻긴다는 명목으로 손을 벌려 착취해 간 꿈
불끈 쥐고 자지러지는 울음으로 반항하였지만
이미 잃어버린 비밀 문서
얼마나 소중했으면
길가는 사람 발을 멈추게 하는 소리를 질렀을까

빼앗긴 소유를 찾아 끊임없이
헤매는 우리네는 허무인 것도 모르고
평생을 찾아가고 있는 것일까
욕심 앞에 죽음을 놓을지라도
채워지지 않는 마음은 빼앗긴 보물을 찾아다닌다

피아골 노제는 산새가 지낸다 1

시름없이 먹어댄
부잣집 마나님 방둥이같이 펑퍼짐한
분지 사이로 흐르는 생수
보급 끊긴 빨치산들이 화약 냄새 휘젓고
마지막 배를 채우고 떠났을 물줄기에
이젠
길짐승, 날짐승들이 무상한 세월을 밟고
목축인 자국만 서 있었다

어둠 내리는 숲에
나래를 접은 새, 남의 말에 동요되어 올라왔다가
돌아가지도 못하고 한 많은 생을 접은
젊은 영혼들
가난한 이야기 초저녁을 나누었다

따스한 깃털 속에
그리움 밤새 품어 달래다가
여명이 실눈 뜬 새벽
옥구슬 구르는 고운 소리로 노제를 지낸다

피아골 노제는 산새가 지낸다 2

소작농에 머슴살이 뼈빠지게 해 넘겨도
목구멍 풀칠도 어려웠고 한세월 살아 봐도 내내 그 팔자
걸구같이 먹어대는 자식들은 항시 배고파 있었고 노모들의
눈초리 죄만스러워 처진 어깨로 고래등 같은 지주집에서
애비는 비싼 고리 이자 무섭지만 또 조아린다
새벽부터 달밤까지 들에서 돌아와 잠을 청할라치면
산허리에서 흉년을 예견하는 소쩍새 소리 솥 적다, 솥 적다
올해는 또 얼마나 어려울까 걱정에 잠 못 이룰 때
한국전쟁
공산당은 똑같이 일하고 똑같이 나눠 먹는다는 기막힌
하늘의 법칙이 나돌았다
소작농에 지친 아비도
머슴살이 지친 자식도, 형도, 아우도
평생 살아도 앞날의 비전이 없는 가난한 사람들은
군침을 흘리며 그들을 따랐다 대창 들고 지주집을
습격하고 가난을 분풀이나 하듯 호령하다가
지리산으로 숨어들었다
밤에는 빨치산, 낮에는 국군이
하루에도 두 번씩 정권이 바뀌는

혼돈의 세월 빨치산 소탕 작전이 시작되었다
하산하고 싶어도 국군한테 총살당한다는 소문에
비천한 목숨
살고 싶어 더 깊은 골짜기로 도망다니다가 총 맞아 죽고,
떨어져 죽고, 월북길에 배고파 죽어
오지도 가지도 못하는 영혼들이 새가 되어 노제를 지낸다

가엾은 손

세 끼를 먹는다, 우리는
한 끼라도 거를라치면
시장기라는 귀신이 뱃속을 헤집어
죄 속으로 끌고 가기도 한다
오늘따라 저녁이 게으름을 피워 TV를 켠다
초등학교 사학년 여자아이의 가엾은 손이
찬바람 내려앉은 부엌에서 한 줌의 쌀을 씻고 있었고
병마에 시달리는 아빠는
슬픈 눈망울만 누워서 굴리고 있었다
오래 전부터 숙달된 손놀림
점심 굶고 저녁 짓는다는 저 어린 가슴에는
세상을 얼마나 원망하며 견뎌 왔을까
보고 싶은 사람이 누구냐는 질문에
엄마가 빨리 돌아 왔으면……
주르르 흘리는 눈물에 내 감정도 동요하고 말았다
얼마나 답답하면 제 살길 떠났겠냐만, 사람아
살결 시린 남매 버리고 어디서 웃음을 웃고 있느냐?
그 웃음은 비겁한 위선이다
어린애들 눈에 밟혀 시늉으로 상을 물린다

한 끼나 두 끼로 하루를 살게 하였으면 슬픔을 반으로
줄일 수 있으련만 조물주의 착오가 낳은 현실이다
이제 우리는
세 끼의 고정관념을 깨고 한 끼의 식비를 나누어야 한다

어머니의 여정

무모한 꿈을 좇아 외지로만 도는 자식 따라
어머니 타향살이도 5년이 되었네
구대사는 다 버리시고 과거에만 매어 있는 타향살이
몇 번이나 고향 보퉁이 만들어 나선 어머니
논길, 밭길, 산길 한없이 걸으시라고
멀리 뒤에서 따라가 보았네
몇 번이나 쉬어 벼를 만져 보시다가
밭이랑의 푸른 고추 만져 보시다가
산과 들 휘돌아보며 고향길 찾으시네
두고 온 당신의 이웃 홍덕 댁. 고르실 댁. 정읍댁
어찌 그립지 아니 하시겠는가
텅 빈 본가 마당엔 잡초가 한 길
폐가가 되어 돌아갈 수가 없고
발목 잡은 내 일상은 도시 놓으려 않으니 어머니,
지금 내가 할 수 있는 건
발이 닳도록 봐 오신 들길 구경 밖에
오늘도 당신의 큰할아버지가 망건 쓰고 오셨다 하네
파란 하늘에 흰 뭉게구름 떼가 어머니 마음 싣고
휘이휘이 남으로 가네

3부

은빛 나그네

내일의 태양에게

작은 삶의 잣대만 들이대는 내 주위의 신은
순교하지 못한 비굴한 목숨을
끝까지 동정하지 않았다

천사가 떨어뜨리고 간 보드라운 깃털 하나 얻어
마음이라도 달래고 싶었지만
그것까지 나에게는 욕심이었다

가슴 조이는 비탈길을 피해
아침과 노을을 바라보며 늙어 가고 싶다
존속하기 위한 야생화의 작은 단맛에
벌나비가 행복하듯
그 부근의 향내가 되고 싶다

운동장

아이들이 방학이란 소란을 버리고 떠난
운동장 놀이터가 졸고 있다
쉬는 시간과 방과 후 해맑은 웃음과 그들만의
비밀 이야기 늘어 놓던 공간
크게 서서 햇빛 막고 바람 만들어 준
미루나무도 쓸쓸하다

빗방울이 방학책 활자를 번져 놓을까 봐
겨드랑이에 끼고 바쁘게 달아난 작은 발자국이
운동장을 가로질러 울타리 사잇길과
정문을 향해 산만하게 나뒹굴어 있다

장난기처럼 찍어 놓은
찌그러진 발자취에 고여 있는 빗물은
쓰르라미 목쉬게 불러 아이들 돌아올 때쯤
잡초를 키워 놓고 있겠지
한 뼘 성장한 구릿빛 얼굴
그새 보송해진 아이들의 수염처럼

앗 따

한겨울 밤이었다
문장 열매 아무리 매만져도
광채가 나지 않아
머리나 식힐 요량으로 마당으로 나갔다
순간
엄동의 매서운 바람이 몸을 휘감는다
아앗 따!
어떻게 생긴 놈인지 돌아볼 틈도 없이
들어와 몸서리
아앗 따!

보길도에서 땅끝마을로 돌아오는 선상
구름 사이로 태양이 얼굴을 내밀고
선홍빛 각혈을 하고 있는 일몰
이렇게 큰 태양도 처음이요
이렇게 붉은 핏빛도 처음인지라
자연의 조화에 사람들은 와! 하고 감탄사 연발
한동안 입을 다물지 못한 나는
긴 여운으로 칭찬한다
아앗~ 따!

계절풍

면사를 뚫고 덤벼오는 차가움에 내 살갗은
귀를 종그렸다
남서풍이 불어올 때에는 중앙선 레일 소리가
조심스런 여인네의 목소리처럼 오갔는데
북동으로 바뀌고부터는 바람 후리는 소리가
귀에 바짝 붙었다
레일 연결 부위의 일그러지는 아픈 소리와
종착역을 향한 거친 숨소리
처음 동면을 맞은 어린 나뭇가지의 울음도
간간이 내리는 눈발에 실려 왔다

물줄기의 여행

논배미가 거부하여 물줄기가 여행 떠나는 농로길
노란 들국화와 보라색을 토해낸 구절초가
융단처럼 누워 있는 잡초 밟으며 싱그러운 향을
내게로 가져왔다
은빛 억새 며칠 전부터 손짓하여
마음먹고 나선 가을 나들이
들꽃 만남 지척에 두고
화사 한 마리 똬리 틀고 길을 막고 있다
여느때 같으면 슬금슬금 줄행랑 놓으련만
헛날을 날름거리며
허리까지 쭉 펴고 흡사 독사 흉내내는 것이 얼마나
황당하고 겁이 나느냐
겨울잠 속에서도 햇볕과 향을 기억했다가
해동이 되면 찾아오려고
 오늘 이 길을 양보할 수 없는 모양이다
얼마나 다급했으면 독으로 위장하여 앞을 가로막는가
긴 동침으로 갈 몇 시긴 앞두고
내가 그의 목숨을 거두어야 할 것이냐
잠시 침묵이 흐르고

손에 쥔 막대가 긴장을 풀며 돌아가자 한다
두려움이 힐끔거리는 뒷걸음질
길가에 선 구절초 한 송이 활짝 웃는다

이라크 빈민의 울음

당근보다 체직을 든 망나니들이
인륜의 도덕을 무시하고 하늘에서 포탄을 퍼붓는다
함대에서 솟아오른 불기둥이 동네에 박혀
불바다 속에 아우성
영문도 모르고 져 가는 이라크 변두리 무고한 생명들
붉은 피 흘리며 그렇게 갔다
멍청한 천재들은 와인글라스를 부딪쳐 환호하며
파티를 벌이고 비겁한 악수를 하였다
붉은 피 같은 포도주를 마시며 악마의 이를 드러내 놓고
한 점 죄책감 없이 죽음에 박수를 보내고 있는
썩어 문드러질 위인들
영혼 앞에 젯밥도 못 올렸는데 축배를 든다

생동의 계절

하늘의 높은 빛깔만 골라다
뿌려 놓은 6월의 들녘은
지칠 줄 모르는 젊은 혈기이며
푸른 성장이다

계절의 바통을 받아든 숲 속도
거침없는 질주에 나섰고
날개자리 간지러운 민등성이 풀벌레
서툰 뜀박질로 나는 꿈을 꾸다가
곤두박질치는 오솔길

잎새 뒤 나뭇가지에서
설익은 울음 몇 개 떨어진다
포식자의 길을 안내하는 철없는 아이에게
정오의 햇살을 쥔
보라색 산도라지가 종주먹 날린다

아프리카에 희망을
– 동봉 스님의 기도

한 줌 희망의 씨앗을 뿌리어 간다
국토 대장정 토역으로 백 하루를 절룩거리면서도
걸어야 하는 심중에는
내 몸보다 우선인 다급함이 있었으리라
삶의 고난에서 몸부림치는 아프리카 아이들의
슬픈 눈망울이 마음에 서성이고 있었기 때문이리라
한 조각의 빵과
한 자의 지식을 보급하고자
선행으로 나선 승려 동봉 스님의 길

백두대간 추위와 눈보라를 넘어
때론 비바람에 젖은 장삼자락 펄럭여 가는
상록수의 숭고한 의지다

평안한 도량 가사 장삼도 접으시고
거룩한 계시를 수행하는 살신성인
발비닥 물집이 쓰라리며 하루쯤 쉬어 가라 하지만
그도 신념 앞에서는 타협이 되지 못했다
그 아이들이 진정한 불빛을 볼 수 있다면

한 몸 살라 보시의 밀알로 던진 고행의 길에
음지 밝힐 횃불을 들고
동참의 가피가 이루어지기를……
속울음 다독이며 길을 걷는다

황새

신이 내린 두 닢의 큰 날개를 가지고도
어디론가 떠나는 날은 정녕 서두르지 않았다

오리와 까치들이 내려앉자
여유로운 나래짓으로 훠이훠이 자리를 뜬다
내일을 위해 곡간을 짓지 않는 마음
작고 가난한 이들에게 자리를 양보하는 미덕에게
신은 흰 날개를 달아 주었나 보다

참새만한 저공 용도 날개도 받지 못한 우리는
땅 위 만물을 지배하여
세상사 질서를 어지럽혀 놓고
새들의 길, 하늘 질서까지 탐한다

내가 먼저 덕을 지어 웃음으로 다가서면
지순한 황새의 마음씨가 지구상에 퍼져
무인히 큰 날개 얻을 수 있으련만

세월의 모퉁이

시퍼런 눈길만으로도
세상 모두를 소화할 것 같던 용기가 있었다
몹쓸 놈의 자만이
한 해
한 해
오십 년을 깎아 먹더니
억겁 세월에 깎인 돌산 봉우리처럼
위태롭게 서 있구나
그 크나큰 희망들
한 조각도 곁에 머물지 않고
몇 푼의 먹이 앞에
이리도 가슴을 쿵쾅거리게 하느냐
꼭 가 봐야 할 길을 망설이게 하느냐

은빛 나그네

음속 하나 남으로 갑니다
흐린 기억 하나 찾으려고 소리를 바라보는
내 어머니 머리 위로
말줄임표처럼 하얀 흔적 하늘에 그어 놓고
음속 하나 남으로 갑니다

도도한 소리를
한참 뒤에 떨쳐 놓고 달아나는 은빛 날개
지그시 쳐다보며
고향에 마음만 보내 놓고 우수 한 쪽 깨무시는
내 어머니가 있습니다

다음 생에 기필코 만나
돈 잘 버는 아들이 되어 저 은빛 요람도 태워 주고
효에 써야겠습니다
어머니, 어머니

참새들의 사랑방

손바닥만큼 남은 시간을 마지막 태우는
붉은 외눈박이 서산에 걸터앉은 시각
겨울 명상에 든 뽕나무 가지에 짹짹거리는 오디가
무수히 달려 있었다
들이나 방앗간, 강아지가 흘린 밥알갱이로 채운
모이주머니 이야기와
안식을 위한 설교가 한참을 이어지더니
긴긴밤 잠꼬대도 없는 죽음을 죽었다
울타리 사이와 헛간에서……
비몽사몽간이었다
그의 맑은 영혼 소리들이 창을 두들겨
살며시 눈을 떠보니
산봉우리에 붉은 햇살이 벌어지고 있었고
새로운 날을 이미 날려 보낸 가지는
막 피어난 햇살을 유혹하고 있었다

아버지의 부고 1

아버지 청년은 일본 노무자에 버리셨고
할머니는 그 고생해서 번 돈 잘 간직하였다가 돌아오면
논마지기나 사려고 땅에 묻었다
몇 년 기다리다 걱정되어 땅을 파 보니
박테리아가 다 먹어 흙으로 보내 버리셨단다
식솔들의 목구멍은 더 가난해졌고
이상도 가난하게 접어야 했었다
일제 억압에 얻은 지병을 치료하다가
아버지는 논 몇 두락과
밭고랑 문서마저 노란 부고장처럼 병원에 쥐어 주고 가셨다
내가 철들기도 전에
삶도 아닌 삶을 어려운 세상에 던져 놓고
나에게는 한 마디 말도 없이 그렇게 가셨다

아버지의 부고 2
– 엄마의 일생

일본 모집에서 빠지려고 여인은 부랴부랴
가난한 집안과 혼인을 하였습니다
빈과 부를 따질 겨를도 없이 처녀 공출만 피하려고
서두른 결과는 어린 7남매와 노모를 공양해야 하는
청춘 과수댁이 되었고
자식들에게는 눈이라도 튀어 주어야 한다는 생각으로
손바닥만큼 남은 전답을 누벼야 했고 부족한 부분은
머리에 인 행상으로 보충했습니다
소학교를 졸업한 누님은 도회지 공장으로 나갔고
나의 자투리 시간은 생솔가지 베어다 방을 데워야 했습니다
기침을 동반한 뿌연 연기는 아버지의 부고장 같은 매운
눈물이었습니다
삶의 희망이 보이지 않는 날이면 캄캄한 무덤에서
한없는 서러움을 이슥토록 놓으셨지요
격동의 세월에 피와 살 생각까지 자식들에게 다 넘겨 준 빈
육신은 슬프게도
치매가 와 현재 진행 중입니다
"왕림까지만 데려다 주시오 거기서 임리까지는 얼마
안 되어라우 거기서부터는 내가 걸어갈라우"

내가 남인 줄 알고 미안해서 건네는 부탁이십니다

75

어머니의 향수

팔순을 두어 해 앞둔 모친께서는
숱한 기억들을 다 버리시면서
결코 보내지 못하는 게 있습니다
가슴 깊이 묻어 둔 질그릇 같은 고향의 향수입니다
"저 잘심헌 고라당으로 뽈닥 넘어가먼 고창이 나오지야
이쪽으로 획 싸잡어 돌아가먼 해리, 심원이 나오고"

그리고 힘겹게 산등성이 넘어
고향 마루쯤에 오르시나 봅니다
바라보는 애처로운 눈빛

자식 따라온 타향 앞산에 고향을 짓고
심연의 골목까지 만들어
두루두루 돌아다니시다가 지친 어느 날
봄이 오면 데려다 다오
밭에 풀도 메어야 하고
기동조차 힘든 어머니는 마음의 풀을 매고 계십니다
아무도 없는 고향 어루만지며

법 운운하는 큰소리

반질거리는 구두
향수 냄새의 위압감
고급 콜레스테롤만 찾아다닌 것 같은 사람
굵은 목소리만큼 얼굴 기름기도 윤기가 나고
어깨도 한층 더 올라 기세가 하늘
위아래로 번득이는 눈빛 광채가
일반 상식은 이미 먼 곳에 동댕이쳐진 부르주아
이해할 수 없는 전문 언어 앞에
자꾸만 더 작아진다, 나는

귓전으로 파고든 그의 굵은 목소리가
처진 내 어깨를 자꾸만 누른다
내 소리는 안으로만 맴돌다 기어나오지도 못하고
바보가 되어 흐르는 긴장뿐이다
저니 앞에 내 콜레스테롤은
사흘 전 선술집에서 소주에 곁들인
정말 싸구려 개기름이다
꿈에라도 만나면 쌍깃발 던져 주고 달아나야겠다

첫눈의 지혜

나서지 말아야 할 때를 알기에 그는
하늘 뒤에 꽁꽁 숨어 살다가
얼음 알갱이로 대기를 씻어 내리더니
하얀 꽃 나풀나풀 수줍은 춤사위
그새 풍경에는 눈부시게 하얗다

손등에 앉은 백의의 천사
까치발 흔적만 남기고 사라져 버렸다
세파에 일그러진 흉상 하늘 우러르나
세속으로 얼룩진 내 얼굴에 하늘 꽃은, 머물기를 거부하며
슬픈 눈물로 흘러 버리고
삼 계절 동안 저질러진 우리네 허물
하얀 마음으로 소복이 덮으면서
나의 길을 묻는다

자연의 분노

분노가 태양을 납치한 산하
사물은 삽시간에 흉물스런 폐허로 서 있고
내가 세상을 몰랐던 잉태 전의 암흑이다

설맞은 맹수의 포효
설악에서 울먹이다 백두대간을 이내 달려
지리산에서도 통곡한다
바람의 위협에 울고 있는 청송
낮게 엎드린 잡초

번뜩이는 칼날 으르렁 이는 천둥
더는 방관할 수 없기에 세상에 나섰다
부질없는 물욕을 버리라는 하늘의 훈계
스스로 고뇌해야 할 순간이다

고독

오늘의 내 에너지를 깨물어 먹은
살인자는 누구냐
겨우 이탈에서 벗어나
다 떠난 민들레 씨방 같은 백주대낮을
배 깔고 엎드려
70년대 첫사랑의 치맛자락 색깔이나 향수를
기억하게 하는 공범자는 누구냐
다 가져가라!
암울한 시대의 기억과
밝은 빛을 찾지 못한 감옥 같은
질긴 인연을
그리하여 이 시대에 동승하게 하라

가을의 눈물

가을의 대지는 하늘이 내린 약사발을 받았다
푸른 열기와 거만 하늘에 걸어 놓아
못마땅한 세월이 그 방자함에 철퇴를 내린 것이다
그는 뉘우치고 있었다
유희 같은 낙엽의 곡선은 슬픈 몸짓이며
바람에 쓸려다니는 소리는 회계의 눈물이었다
친구들아, 우리도 가끔은
뒤안길을 돌아볼 일이다
다른 이의 아픈 마음 함께 아파하고
지친 숨결에도 귀 기울여 볼 일이다

존경

아무렇게 걸쳐 입어도 저렴하지 않고 그냥 웃어도
은은한 향내가 풍기는
가파른 언덕 있음직한데도 힘든 이면 보이지 않고
출처를 알 수 없는 마르지 않는 원천源泉
남은 생 좇다가 하 세월이라도
나, 그 향 따라야겠네

한 언질한 품새 흐트러지지 않고
따스한 햇살만 내리는 양지쪽인 품
알량한 잔재주 팔아서라도 얻을 수 있다면

내 가슴에 아직 정, 맛을 못 보고 고개 쳐든 놈
구조 조정하여 공간을 비워 놓고
넘치는 도량 한 줌 흘리면 고이고이 간직하여
작은 들꽃 향기로
남은 생 뿌리어 가고 싶네

벼

천둥번개의 모진 심술
억척스런 빗줄기에도
도도하게 맞서서 굽히지 않았던
조선 선비의 붓날

설핏 든 낮잠 속에
환영 같은 빈 쭉정이 꿈을 꾸다가
우중雨中에도 피워 낸 아름다운 집념
눈곱 같은 하얀 꽃 지워 내고

인고로 만든 투명한 보석
가을 햇살 속의 누런 빛만 빼내어
황금 갑옷 지어 입고
그윽한 향 풍겨내는 군자君子
그 군자가 고개 숙였다

가을 들판에 서서

해질 무렵
가을 들녘에 귀 종그리면
저- 먼 동네 예배당 종소리 사이로
아이들 웃음소리와 엄마가 부르는 소리 들판에 깔렸었는데
오늘은
익숙해진 자동차 기계음 사이로
작은 콩 튀기는 소리 듣는다
메뚜기란 놈이 질근질근 밟고 다니기도 하지만
햇살과 한 줄기 바람의 힘을 빌어
잡초들이 후손 퍼뜨리는 산고 중이다
방 안 놀이 속으로 아이들 웃음소리 가두어 버렸으니
오솔길 만들 아이들 없어 들길은 이제
잡초가 제세상 하겠다

4부

그리운 그곳

폭우가 끌고 가는 강

단물 빠진 문명의 껍데기가
숲 속 새소리 듣다가
강가 물고기와 놀다가
연이틀 내린 폭우에 놀라
황토빛 물결에 쓸려 간다

고락의 시녀 맥주 깡통도
첫 입술 빼앗긴 모가지 쳐들어가고
도끼 맞은 벌목장 육신도 따라간다

분노의 급물살에 정신 잃은 사체
실명한 도덕이 온 강을 채우고도 끝없이 이어지는 수류
무심코 망각, 실수의 이유들이
수치스런 전시회 펼치며 간다

양평역 밤하늘
– 극과 극

백세도 넘었겠다
인사동 공화랑에 걸린 낡은 별빛은
서울을 음모하는 사람들이 쏘아올린
기침소리가 안구에 달라붙어 흐려 버린 동공이다
아니다
옛사랑 그리다가 지친 몸이 난간에 걸터앉아
밤마다 흐느끼는 5촉짜리 전구 빛이다

22시 40분 청량리발 중앙선 차창에 서성이는
밤의 전령 팔당댐 지날 때부터 부시시 일어난
아이의 눈빛이더니
한 시간도 채 안 되는 양평역 밤하늘에서는
화장을 막 끝내고 새벽길 나서는
흠뻑 빠져 버리고픈
성숙한 여인의 눈빛이었다

광개토왕비

우리의 옛 영토 요동을 정비하여 만방에 알린
공덕비가 거친 세월에 바랬습니다
경상북도 안동
봉정사 화강암이 낙동강 포구에서
햇볕과 달빛에 물어 뱃길 천리 찾아간
만주 벌판 대왕의 공덕 비문이었습니다
언제부턴가 철책으로 가두어 영어의 몸이 되시어
오실 수 없으십니다.
임이여
질풍처럼 몰아친 그 정신 고구려의 기상을
명백한 우리의 역사를 저들의 지방 정권이었다고 합니다
동맥과 실핏줄까지 요동칩니다
임이여
넋까지 빼앗으려는 방자한 저들을 용서치 마시옵소서
임의 정신 놓친 우리도 용서치 마시옵소서

백운봉

초입부터 거친 호흡 가파르게 내놔야 하는
백안리로 오르는 용문산 등산로
9백40미터 봉우리에 가면
하얀 도포에 주장자를 짚고 망연히 내려다보는
산신의 망루 같은 곳이 있다

정원에는 세속 시름 날리는 바람이 있고
녹음을 노래하는 푸른 새에 질투하여
까마귀와 까치, 산비둘기, 장관을 이루어 환대해 주는
무릉도원 같은 시야가 있다

태풍이 대기의 귀신들을 말끔히 지옥으로 보낸 날이었다
남산타워 성냥개비처럼 야윈 뒤로
북악산 인수봉도 가엾고
거대한 욕망 빌딩 아파트도 장난감처럼 부질없었다
심신이 지친 이는 올라 볼이다
마음의 평화 실한 놈으로 얻을 수 있다

*1년에 몇 번 손꼽을 수 있는 시야가 트인 행운의 날에

농촌의 풍경

천수답 논배미 대엿 두락
써레질 뒤를 따라다니는 백로 한 쌍이
농부의 발길에 깨어난 미생물을 낚는다
어젯밤 논배미 넘치게 울던 개구리의 슬픔처럼
비가 내리고
어디서 왔을까
이 우중에 오리 한 쌍 그도 논바닥을 뒤진다
단백질 그리워 천둥소리 따라왔을까
따스한 남풍 유혹이 콧등 간질였을까
영역을 가르지 않고 공생하는 철새는
흑과 백을 나누지 않았다
어느 날 오리는 7, 8마리 새끼를 부화하여
푸른 벼 사이를 사냥 하더니
먹성이 좋은 놈들은 그새 나는 연습에 몰두하다가
농부가 분무기 소리 높이던 날 어디론가 날아가 버렸다
한동안 안 보이던 백로는 작은 등허리 하나를 데리고
삶의 방법을 가르고 있었다
백로를 따라갈 수 없는 작은 날개 오리는
그 멀다는 남쪽 나라로 미리 떠났나 보다

양평 터미널

나들이에 나선 촌로 부부가
들녘의 여유로움 의자에 앉히고
오는 이 가는 이 물끄러미 바라보고 있다
햇살과 싸우다 그을린 얼굴 하얀 중절모
한껏 부린 멋
자식들에게 보일 양이다

도시 생활에 익숙해 뵈는 젊은이가
비어 있는 의자는 거들떠보지도 않고
손목시계 훔쳐보며 종종거리고 다녀
한가한 버스 터미널이 덩달아 바쁘다

속초에서 홍천을 거친 사람들이 내리고
노부부와 젊은이, 그리고 내가
비릿한 서울행 버스에 오른다
마음만 바쁜 젊은 방정은 듣는 것일까
촌로의 한 마디
바빠도 소용없어!!
버스가 가야지

양수리에 폭우 내리면

청포빛 두물머리는
남북 이산이 반세기의 그리움을 끌어안고
덩실덩실 춤을 추고
영혼들은 안개 되어 하늘 오르고
햇살 잡으려고 일렁이는 작은 파도는
장난기 많은 아이들의 천진함이었다
어젯밤 빗물은 어떤 이가 잘라 놓은 산허리 배회하다가
수목들을 할퀴고 황톳물로 내려왔다
강은 탁류를 가라앉혀 생물에게 나누어 주고
하늘 물감 풀어 하류로 보내는 너그러움이었다

백년도 썩지 않는다는 녹슨 깡통 비닐 스티로폼
우리들의 이기적인 흔적, 아무도 보지 않는 사이
슬쩍 버린 비도덕
그 부끄러움도 변방에서 표류하였고
또 하나
고장난 양심이 수초에 걸려 있었다

공주 신원사 요사채에서
– 태풍 전야

날까마귀 검은 날개에 치여
태양이 시름시름 앓다가 눈을 감아 버리고
주검처럼 누워 있는 서산 봉우리에
부싯돌은 봉홧불처럼 치대었다

의자왕 쫓는 나당의 말발굽이 끝내
궁궐에 고삐를 매었구나
낙화암 길목 댓잎 스치는 소리
삼천의 스란치마 꽃으로 가는 소리

번득이는 칼날은 오백 년 역사를 찢고
천 근 쇠북이 정수리를 구른다
군‡을 원망하는 민초들의 아우성과
무열왕에게 의자를 내주고 눈물 따르는 소리
삼경이 넘은 숲 속에 서성이고 있었다

그리운 그곳

바람을 몰고 다니며 놀이하던 뒷등에
그때 그 아이들 없어도
나 그곳에 갈란다

골목길 퉁탕이는 소리에 여자아이들 수줍게
내다보다가
시집가 버린 텅 빈 그곳에 가면
반짝이던 눈동자 하나라도 만날 수 있을까

너무 멀리 와 버린 외로운 나그네
시나브로 불러대는 향수 가슴 아리어 도시의
불빛 버리고 이젠
나 그곳에 갈란다

멈춘 물레방아

물이 많았을 땐 잘도 돌았을 물레방아
폭염이 시작 되면서 명상에 들었구나
앙증맞은 작은 물레방아
수목들이 비 올 날 멀리 있음을 미리 알고
생수로 비축했으며
하늘도 목이 말라 수분을 거두어 가기 때문일레라
끄덕끄덕 바람과 논다

심열을 들여 만든 제작자는
부푼 희망 부서져
머리 매고 누웠는지 보이지 않고
계곡을 들려 주는 소슬바람에게 기대어 돌아보려 하지만
거센 바람은 돌아오지 않아
본분에 충실하려 끄덕끄덕 애만 태우고 있다

소년소녀 가장의 아픔

내가 흘린 눈물로 시린 그대 가슴 대울 수 있다면
지성 기도로 참회의 눈물을 흘리고 싶다

내가 그대들에 따뜻함이 될 수 있다면
절간의 촛불과 십자가의 불빛 훔쳐다 군불로 지피고 싶다

내가 그대들의 배를 채울 수 있다면
대감네 곡간에 쌀가마니나 구걸하여 채워 주고 싶다

그리고 무슨 잘못 있느냐고 신에게 따지고 싶다

망월동 소쩍새

왕조 시절 사도의 아버지 자식까지 죽이고
탐욕에 미쳐 어명의 피 수도 없이 뿌렸다더니
금세기 절대 권력도
오만 획책으로 민중의 눈을 가리고
말뿐인 민주주의 형무소로 보냈다
권리 찾아나선 민초들, 나들이 가던 여인네, 아이까지
살인 원흉은 자유권 부여하여
무차별 학살하였다
지독한 그 군주의 망령, 망령, 망령
한맺힌 망월동 봉분들
원혼 달랜 살풀이굿 몇 번으론 안 되겠네
총성 소리 30년이 다 되도록
책임질 인사는 없고
해지는 묘역에 소쩍새 슬픔 하나 자지러지네
오늘은 누구의 한맺힌 울음이신가

따라온 들녘

바짓단이 땅에 끌려 한 겹씩 걷고
잘 여문 가을길 걷다가
진한 향기 흥거히 몰고 돌아와
방바닥에 무심코 드러누웠더니
쓰레기 한 움큼 쏟아졌다
귀찮아 모른 척했더니
아내가 쓸어다 버렸나 보다
봄과 여름이 사랑 노래 부르기에
무료함 데리고 꽃구경 나왔는데
보래기풀, 질경이, 며느리발톱, 민들레
구색 갖춘 들판 한 자락이
화단에 와 있었다
지난해 아내가 쓸어다 버린 가을날이었다

새벽

아무도 손대지 않은 연꽃의 속살빛이
살며시 적막을 밀어
설국에 초벽을 바른다
천문을 열어 인류를 깨우는 그는 신의 아버지
바다도 융단 깔아 잉태를 영접하는가
한 송이 붉은 깨우침을

한숨 잘 자고 난 기지개
어머니 태반 속같이 포근한 수평선
깊은 수중에서 해산을 하노니
날짐승도 경이로움에 소리를 잃었구나

찬란하고 숭고한 태양의 모반
소리없이 펼쳐지는 붉은 잔치
얇은 면사포에
감싸 비추는
조용한 개벽이여

벗어나기와 거부하기

황정산(문학평론가, 대전대 교수)

얼마전 '장기하'라는 한 인디가수가 '청년실업'이라는 프로젝트 밴드를 결성했다고 한다. 얼마나 경제가 어렵고 일자리가 없으면 밴드 이름을 청년실업이라고 지었겠는가? 미국에서 시작한 금융위기가 전지구적으로 영향을 미쳐 세계경제가 큰 불황의 늪에서 빠져나오지 못하고 있다. 우리 경제도 마찬가지이다. 주가는 추락하고 경기는 일어설 줄 모르고 젊은이들은 일자리를 잡지 못해 젊은이들 중 세 명의 한 명은 백수라고 한다.

하지만 사실 어렵지 않은 시절은 없다고 할 수 있다. 세상은 온통 어려움과 그 속에 사는 사람들의 고통으로 가득차 있다고 해도 과언은 아니다. '인생은 고해'라는 상투적인 말을 하지 않더라도 세상을 지배하는 것은 삶의 갖가지 고통이다. 왜냐하면 인간은 욕망의 존재이기 때문이다. 욕망은 채울 수 없고 채울 수 없는 욕망의 구멍이 결핍을 만들고 결핍은 세상을 고통으로 인식하게 만든다.

그런데 많은 비약을 무릅쓰고 위험한 단언을 하자면 시는 바로 이 결핍과 고통에서부터 나오는 언어이다. 없는 것, 이 고통의 언어를 통해 시는 현실을 넘어선 꿈을 이야기하고 세상의 어둠을 힐난하고 기존 질서에의 순응을 거부한다. 때문에 아주 오래전에 김우창이 지적했듯이 궁핍한 시대에야말로 시와 시인을 필요로 한다.

인현택의 시집『양평 터미널』역시 이 궁핍한 시대의 시들의 모습을 보여준다. 그의 시들은 삶은 고통에서부터 시작한다.

> 지루하던 빗줄기가 멈춘 날 석양
> 늦둥이로 태어나 처음으로 사냥을 해 보는 듯한
> 작은 거미 한 마리
> 제 몸뚱이에 비하여 십리나 되어 보이는
> 전깃줄과 향나무에 곡예하듯 그물을 친다
> 장마에 못 먹은 허기가 크게 엮을 요량이다
> 제 생각대로라면 몸 속 은사는 금방 바닥날 것 같은
> 무모한 시도 같다
>
> 씨줄 서너 개 걸어 놓은 부실 공사장의 아침
> 시공자가 없다
> 어느 구석에서 실수의 거울을 보며
> 성장의 눈물을 닦고 있을까
> 위태롭게 달린 이슬 몇 방울
> 햇볕이 들여다보고 있었다
>
> ―「애송이」전문

작은 거미 한 마리가 어렵게 거미줄을 치면서 사냥을 시도하는 모습과 부실공사 현장을 연결시키고 있다. 그리고 거기에 달린 '이슬 몇 방울'에서, 성장의 뒤편에서 발생하는 어쩔 수 없는 희생의 고통에 흘릴 수밖에 없는 눈물을 본다. 어찌보면 우리 모두는 이 서툴게 거미집을 만들어가는 '애송이' 거미 새끼인지도 모른다. 성장과 성취라는 마법에 걸려 항상 허기를 느끼며 무모한 시도를 하는 고통 속에서 벗어나지 못하고 있는 게 우리가 사는 삶의 전부일 것이다 인현택 시인은 작은 거미줄을 보면서 거기서 볼 수 있는 아름답기까지 한 장면을 우리 삶의 고통과 연결시키고 있다. 시인의 눈이 예사롭지 않다는 것을 보여주는 대목이다.

다음의 시는 이 고통을 아주 아름다운 풍경으로 묘사하고 있다.

면사를 뚫고 덤벼오는 차가움에 내 살갗은
귀를 종그렸다
남서풍이 불어올 때에는 중앙선 레일 소리가
조심스런 여인네의 목소리처럼 오갔는데
북동으로 바뀌고부터는 바람 후리는 소리가
귀에 바짝 붙었다
레일 연결 부위의 일그러지는 아픈 소리와
종착역을 향한 거친 숨소리
처음 동면을 맞은 어린 나뭇가지의 울음도
간간이 내리는 눈발에 실려 왔다

−「계절풍」 전문

중앙선 선로가 보이는 한 기차길 풍경을 그리고 있는 시이다. 그런데 그 풍경에 눈발 내리는 겨울 계절풍이 불어온다. 시인은 그 바람 속에서 어린 나뭇가지의 울음과 기차의 거친 숨소리와 일그러지는 레일의 고통의 신음을 듣는다. 그러한 고통을 겨울 풍경의 차갑고 삭막한 이미지와 잘 연결시키고 있는 작품이다. 시인의 눈에는 세상의 모습이 북동풍이 몰아치는 겨울 이미지로 나타난다. 인현택 시인은 바로 이 고통을 바라보는 것을 시인의 책무로 삼고 있다.

물론 삶의 고통은 현실의 가혹한 삶의 조건에서부터 온다. 그것을 가장 잘 보여주는 것이 「인력시장, 품팔러간다」 연작이다. 그 중 한 편을 살펴보자.

> 퇴직금과 사채를 동원해 사업하다가 부도를 당했다는
> 노동판 초년생. 사채 빚이 집마저 압류하여 돌아갈 수가
> 없어 거리도 방황해 봤다는 김 씨는, 다른 이들처럼
> 지하철역이나 공원을 전전하지 않고 노가다를 선택한
> 그 정신이 아름다웠다
> 비록 나처럼 일은 못해도 최선을 다하려는 의지인
> 힘들어 어디로 떠나 자포자기 생을 걸을까 봐, 열심히
> 하다 보면 좋은 일이 생길 거라고 힘을 보태어 주었다
> 노숙을 뿌리치고 여기까지 와서 애를 쓰고 있음이 고맙다
> 찜질방에서 잠을 자고 새벽에 나와 호명을 기다리는 사람
> 가족들에게 내놓을 면목이 없다 한다
> — 「인력시장, 품팔러간다 8 — 현명한 선택」 부분

신문이나 방송에서 흔히 접했던 사실들이 등장한다. 전세계적인 경제적 불황에 일자리를 잃고 결국 날품을 팔기 위해 인력시장에 나와야만 하는 인물들의 가혹한 삶의 조건이 잘 그려져 있다. 시인은 날품을 파는 일용직 노동자가 되어 세상을 바라보고 자신의 이야기를 하고 있다. 물론 이는 이 땅에 사는 모든 사람에게 다 해당되는 이야기는 아닐 것이다. 하지만 지금 여기를 사는 사람들은 모두 이러한 현실로부터 자유로울 수 없다. 나와 나의 이웃이 이러한 삶으로 내몰릴 가능성은 항상 상존한다. 그리고 또 어찌보면 우리의 삶 역시 인력시장에 내몰린 사람들의 삶과 전혀 다르지 않다. 시인이 일용직 노동자의 말로 직접 이야기하는 것도 바로 이런 점을 강조하기 위한 것이다.

그런데 이 작품을 포함해서 「인력시장, 품팔러간다」 연작시들은 임현택 시인의 다양한 스펙트럼을 보여주고 있다. 물론 시집 전편을 관류하는 색깔 중 하나는 서정시에서 보여주는 자연과 삶의 아름다움일 것이다. 그러나 이 연작시들은 거친 현장의 토대 위에서 노래함으로서 시적 건강성과 희망적 태도를 획득했다고 봐야 할 듯하다. 건설현장에서 '쓸개를 볕에 널어 말렸다가 돌아올 때 잘 수습해야' 한다는 자기무화는 현장이 도를 닦는 도장이 되고 시인은 도를 수행하는 성스러운 경지에 이른다. 시인은 '자꾸만 누가 뒤통수 쳐다보는 것 같이 감성을 위장하리고 까만모사를 쓰'므로서 부끄러움과 외로움의 자기연민에 도달하지만, 정작 미해결된 마음을 다스리면서 '미약하지만 가야 하는 사명감으

로 긴 여정을 사랑하고' 있다. 이는 시인의 섬세한 감각으로
작은 여백마저 사랑한다고 다짐하면서 내일을 위한 오늘의
나래를 조심히 접고, 또 내일의 비상을 위한 준비된 시심이
라 할 수 있을 것이다. 이리하여 시인은 인력시장을 통하여
삶의 진정성과 희망을 노래함과 동시에 구도자적 삶을 그리
고 있다.

　　　단물 빠진 문명의 껍데기가
　　　숲 속 새소리 듣다가
　　　강가 물고기와 놀다가
　　　연이틀 내린 폭우에 놀라
　　　황토빛 물결에 쓸려 간다

　　　고락의 시녀 맥주 깡통도
　　　첫 입술 빼앗긴 모가지 쳐들어가고
　　　도끼 맞은 벌목장 육신도 따라간다

　　　분노의 급물살에 정신 잃은 사체
　　　실명한 도덕이 온 강을 채우고도 끝없이 이어지는 수류
　　　무심코 망각, 실수의 이유들이
　　　수치스런 전시회 펼치며 간다
　　　　　　　　　　　　　　　－「폭우가 끌고 가는 강」부분

폭우에 휩쓸려가는 홍수 난 강을 바라보고 시인을 그 모

습을 그리고 있다. 그런데 그 모습이 모두 고통의 형상이다. 그것은 단지 홍수에 떠밀려가는 사물들만이 아니라 우리 인생살이의 모습이기도 하다. 우리들은 모두 이 홍수에 휩쓸려 가는 고통스러운 존재라는 것이 시인이 강물을 바라보고 깨우친 인식인 것이다.

> 무모한 꿈을 좇아 외지로만 도는 자식 따라
> 어머니 타향살이도 5년이 되었네
> 근대사는 다 버리시고 과거에만 매어 있는 타향살이
> 몇 번이나 고향 보퉁이 만들어 나선 어머니
> 논길, 밭길, 산길 한없이 걸으시라고
> 멀리 뒤에서 따라가 보았네
>
> ─「어머니의 여정」 부분

위의 시에서처럼 삶의 고통은 과거의 삶 속에서도 점철되어 있고 또한 그 연장선에 놓여 있는 것이기도 하다. 어머니의 삶은 지금의 현실을 살아가면서도 과거의 고통스런 삶의 역사에서 벗어나지 못한다. 왜냐하면 그것이 바로 자신의 정체성이기 때문이다. 가난과 고통은 어머니에게는 사랑스러운 과거이고 또 고향이다. 시인은 그것을 깨닫고 고통으로 가득차 있을 어머니의 삶을 애틋하게 껴안는다.

다음 시는 이러한 삶의 고통이 단지 사회적인 과거만이 아니라 우리 인간 존재의 근원적인 본모습임을 보여준다.

우리는 결코 빈손으로 나온 게 아니었다
태반에서 열 달 동안 키워 온 꿈 한 줌씩 쥐고 나왔다
몰랐다
그것이
만고에 허무라는 것을

씻긴다는 명목으로 손을 벌려 착취해 간 꿈
불끈 쥐고 자지러지는 울음으로 반항하였지만
이미 잃어버린 비밀 문서
얼마나 소중했으면
길가는 사람 발을 멈추게 하는 소리를 질렀을까
　　　　　　　　　　　　　　　－「빼앗긴 소유」부분

　빼앗겨 결핍을 느낄 수밖에 없는 삶의 고통은 인간에게
본질적인 것임을 재밌게 지적하고 있는 작품이다. 태어나는
것 자체가 착취이고 고통의 시작이라는 것이다. 바로 그것
을 자각하고 확인하는 것이 인현택 시인의 시적 작업의 시
작이라 해도 과언은 아니다.

　나들이에 나선 촌로 부부가
들녘의 여유로움 의자에 앉히고
오는 이 가는 이 물끄러미 바라보고 있다
햇살과 싸우다 그을린 얼굴 하얀 중절모
한껏 부린 멋

자식들에게 보일 양이다

도시 생활에 익숙해 뵈는 젊은이가
비어 있는 의자는 거들떠보지도 않고
손목시계 훔쳐보며 종종거리고 다녀
한가한 버스 터미널이 덩달아 바쁘다

속초에서 홍천을 거친 사람들이 내리고
노부부와 젊은이, 그리고 내가
비릿한 서울행 버스에 오른다
마음만 바쁜 젊은 방정은 듣는 것일까
촌로의 한 마디
바빠도 소용없어!!
버스가 가야지

－「양평 터미널」전문

　표제시인 이 작품은 고통 속의 삶의 모습을 촌로의 눈으로 재미있게 그려 보여주고 있다. 삶의 고통을 인정할 때 세상은 여유로운 풍경이 된다. 그런데 사람들은 그것을 알지 못하고 바쁘게 움직인다. 그래야 고통스러운 삶에서 어서 벗어날 수 있으리라 생각한다. 시인은 이렇게 고통을 말하고 있으면서도 그것을 벗어날 또 다른 시각을 마련해 보여주고 있다. 시인이 표제로 이 작품을 택한 이유는 고통을 감내하는 이런 노력이 바로 자신의 시적 작업임을 암암

리에 인식하고 있기 때문이리라.

　　작은 삶의 잣대만 들이대는 내 주위의 신은
　　순교하지 못한 비굴한 목숨을
　　끝까지 동정하지 않았다

　　천사가 떨어뜨리고 간 보드라운 깃털 하나 얻어
　　마음이라도 달래고 싶었지만
　　그것까지 나에게는 욕심이었다

　　가슴 조이는 비탈길을 피해
　　아침과 노을을 바라보며 늙어 가고 싶다
　　존속하기 위한 야생화의 작은 단맛에
　　벌나비가 행복하듯
　　그 부근의 향내가 되고 싶다

　　　　　　　　　　　　　　　 － 「내일의 태양에게」 전문

　이 시에서도 삶은 온통 고통이다. 신마저도 그 고통으로
부터 자유롭게 해 주지 못하고 있다. 하지만 시인은 그 현
실로부터 숨겨진 행복을 찾았다. 그 행복을 찾으려는 방법
과 길은 '비탈길을 피해/ 아침과 노을을 바라보며 늙어가고
싶다'고 표현한 데 있다. 천사의 깃털 하나마저 욕심내지 않
는 시인의 성정이 그 행복의 비밀을 얻어내고 만 것이다.
그러므로 시인은 늙어가는 맛을 알고 가장 낮은 자리에 자

리한 야생화와 합일되면서 무욕의 절정을 이룬다. 그것이
향기롭다.

천둥번개의 모진 심술
억척스런 빗줄기에도
도도하게 맞서서 굽히지 않았던
조선 선비의 붓날

설핏 든 낮잠 속에
환영 같은 빈 쭉정이 꿈을 꾸다가
우중雨中에도 피워 낸 아름다운 짐념
눈곱 같은 하얀 꽃 지워 내고

인고로 만든 투명한 보석
가을 햇살 속의 누런 빛만 빼내어
황금 갑옷 지어 입고
그윽한 향 풍겨내는 군자君子
그 군자가 고개 숙였다
            –「벼」 전문

　군자가 고개 숙인 이유는 현실에 패배했기 때문이 아니
다. 그것은 가장 엄숙한 방식으로 세상의 고통을 거부하는
태도이다. 세상이 요구하는 가치관, 세상이 자기에게 지워
준 고통에 순응하지 않고 그것을 거부하며 스스로의 존재감

을 잃지 않으려는 꿋꿋한 자세가 가장 성숙한 단계에 도달할 때 나타나는 모습이다. 그렇기 때문에 그것은 '황금 갑옷'이라는 영예와 '그윽한 향'이라는 고고함을 가지고 있다.

그런데 이러한 거부는 어디에 근거하고 있을까? 무엇이 삶의 고통을 거부하는 근본적인 힘이 될까? 시인은 파릇한 생명력에서 그 원천을 발견한다.

아이들이 방학이란 소란을 버리고 떠난
운동장 놀이터가 졸고 있다
쉬는 시간과 방과 후 해맑은 웃음과 그들만의
비밀 이야기 늘어 놓던 공간
크게 서서 햇빛 막고 바람 만들어 준
미루나무도 쓸쓸하다

빗방울이 방학책 활자를 번져 놓을까 봐
겨드랑이에 끼고 바쁘게 달아난 작은 발자국이
운동장을 가로질러 울타리 사잇길과
정문을 향해 산만하게 나뒹굴어 있다

장난기처럼 찍어 놓은
찌그러진 발자취에 고여 있는 빗물은
쓰르라미 목쉬게 불러 아이들 돌아올 때쯤
잡초를 키워 놓고 있겠지
한 뼘 성장한 구릿빛 얼굴

그새 보송해진 아이들의 수염처럼

- 「운동장」 전문

　시인의 눈에 들어오는 것은 아이들이 떠나고 없는 쓸쓸한 운동장이다. 시인은 바로 거기에서 생기를 잃어버린 삶의 삭막함을 본다. 우리의 삶은 이렇게 생기를 조금씩 잃어가며 산만한 삶의 자질구레한 일상 속에서 고통을 겪으며 사는 것이 전부인지도 모른다. 그러나 시인은 결코 희망을 잃지는 않는다. 왜냐하면 빗물이 잡초를 키우듯 결코 사라지지 않은 생명의 힘을 포기하지 않기 때문이다. 결국 아이들은 '한 뼘 성장한 구릿빛 얼굴'로 나타날 것이기에 말이다.

　임현택 시인이 '시인의 말'에서 진술했듯이 초년기의 시들이 흰꽃처럼 담백하고 순수했다하더라도 시의 다채롭고 다양한 색깔을 보여주기엔 갈증이 났을 터이다. 그리하여 시집 「양평 터미널」에서 모여진 시들은 형형색색의 꽃으로 흐드러지게 피어나고 있다. 그것은 사실주의적 토대 위에 문명의 허상과 삶의 비애가 다양한 몸으로 이루어진 만큼, 중요한 의미를 지니면서 독자와 시인과의 행복한 만남이 아니고 무엇이랴.